SELF-LOVE CLUB

-셀프 러브 클럽-

기억해 둬. 너는 꽤 괜찮은 존재라는 걸.

SELF-L♡VE CLUB
-셀프 러브 클럽-

글/그림 **이혜수** 옮김 **노지양**

Who's Got My Tail

SELF-LOVE CLUB

초판 1쇄 발행 2024년 7월 24일 | **3쇄 발행** 2025년 2월 3일
글·그림 이혜수 | 번역 노지양
편집 황정혜, 박경임 | **교정·교열** 박경임 | **디자인** studio fatins, 황정혜
펴낸이 황정혜 | **펴낸곳** 후즈갓마이테일
주문전화 031 955 6777 | **팩스** 02 6280 6498
주소 서울시 마포구 월드컵북로 98 202-133
출판등록 2015년 9월 17일 제25100-2016-000086호
제조국 대한민국

홈페이지 www.whosgotmytail.com
이메일 whosgotmytail@gmail.com
인스타그램·페이스북 @whosgotmytail

ISBN 979-11-90007-42-9 (03840)

사랑받을 자격이 충분한
여러분 모두를 위한 책입니다.

THIS BOOK IS FOR ALL OF YOU,
WHO DESERVE LOVE. ♥

이거
내 차
아님.

안녕! 만나서 반가워요.
제 소개를 해 볼까요?

저는 일하는 걸 참 좋아해요….
아침 일찍부터 밤늦게까지 일하죠.
그리고 자세가 아주 영망이랍니다.

저는 한국에서 태어났고,
지금은 미국 브루클린에 살아요.

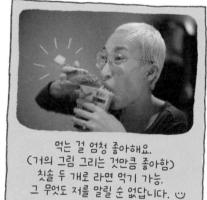

먹는 걸 엄청 좋아해요.
(거의 그림 그리는 것만큼 좋아함)
칫솔 두 개로 라면 먹기 가능.
그 무엇도 저를 말릴 순 없답니다. ☺

동물을 너무나 사랑하고,
특히 큰 개들에겐 껌뻑 죽죠.

만약 누가
강아지
모양의
컵에 담긴
음료수를
사 주면,
그게
그렇게
행복할 수가
없어요!

주로 일러스트와 만화를 그리지만,
벽화도 그려요.

그리고 일러스트 그리는 걸
가르치는 일도 해요.

제 절친이자 짝꿍도 일러스트레이터예요.
둘이 함께 똥을 그리곤 합니다.

전
자신을
사랑하고
관리하는 데에
진심이에요.

자기애는
내면에서
우러나오지만,
외모에도
드러나잖아요.

길고 긴 여정이었고,
이런저런 어려움도 많았어요.

하지만 확실히
전보다 더 행복해지고 강해졌답니다.

셀프 러브 클럽에 들어오세요.

저와 이 여행을
함께 하지 않을래요?

괜찮아. 너만 그런 거 아니야.

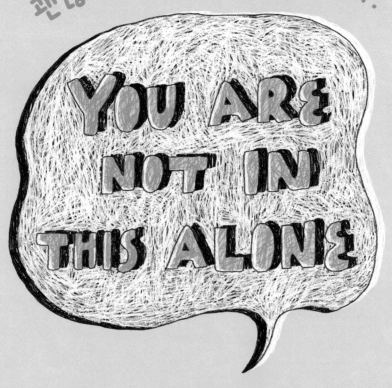

자기 관리란 바로
온전한 나로 돌아오는 거야.

스스로에게
잠깐 멈추라고 말하는 거지.

시간이 없다고 생각될 때가
사실은 가장 시간이 필요한
순간이라는 걸 알고 있니?

네 몸과 마음이
나아지는 거라면
뭐라도 좋아.

가슴에 가만히 손을 얹고
나에게 가장 중요한 게 무엇인지 떠올려 봐.

피곤해 죽을 것 같아.

여기 잠깐
누워 보지 않을래?

내가 있잖아.

역시 네가 최고야.

마음껏 게으름 부리는 것도
중요한 자기 관리야.

REST iS A PRODUCTIVE ACTIVITY

"쉬는 것도 생산적인 활동이야."

어느 날, 짝꿍이 말했어.

참 이상한 일이지.
난 언제나 충분히 노력하지 않아서
내가 부족한 거라고 생각했거든.

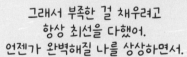

그래서 부족한 걸 채우려고
항상 최선을 다했어.
언젠가 완벽해질 나를 상상하면서.

그런데 짝꿍의 말을 듣는 순간 깨달았어.
나는 이미 충분하고,
오히려 나에게 더 잘해 줘야 한다는 걸 말이야.

아무것도 하지 않기. 아무것도.
DO ABSOLUTELY NOTHING

내 감정을 들여다보기

나에게 작은 선물하기

긴 산책을 하거나 달리기 하기

최대한 **비생산적**인
하루를 보내기

핸드폰을
'방해 금지 모드'로 바꾸기

30분 동안 햇빛 샤워하기
(선크림은 잊지 말기!)

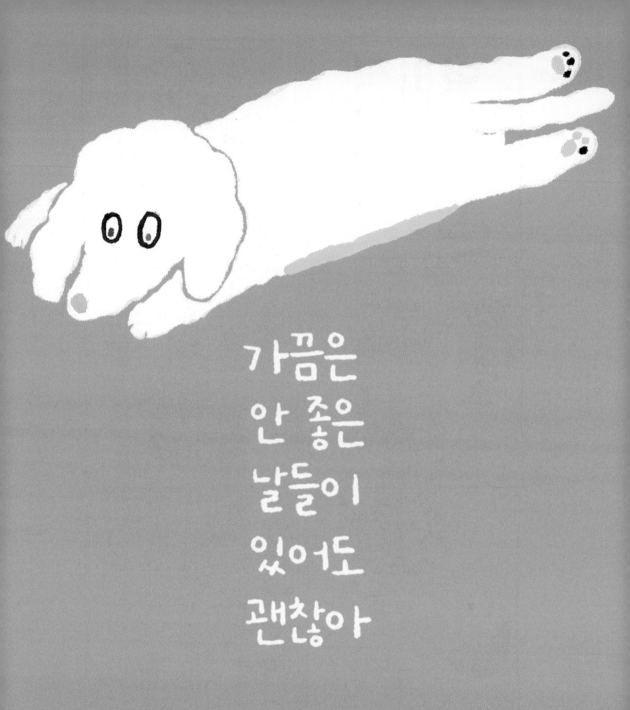

가끔은
안 좋은
날들이
있어도
괜찮아

이기적
··· 으로 ···
사는 법

(우리 강아지 가라사대)

1. 하나를 주면
반드시
하나를 받는다.

2. 실속 없는
관계는
단호하게 끊는다.

3.
본인에게
중요한
것을

당당히
요구한다.

4. 매일 할 일 목록에
'나만의 시간'을 추가한다.

5. 근무 시간
외에
쉬는 시간을
확실히 챙긴다.

난 별난 사람이 아니야.

그저 엄청나게
예민한 사람일 뿐이야.

자극에 노출된 다음엔
나만의 동굴에서 쉬어야만 해.

생각해 보면
어릴 땐 특이한 애라는 말을
자주 들었어.

아마
지금도 그렇고
앞으로도 그렇겠지.

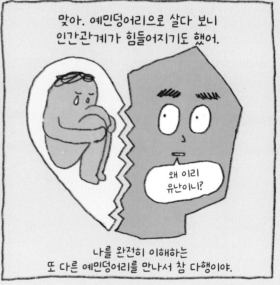

맞아. 예민덩어리으로 살다 보니
인간관계가 힘들어지기도 했어.

왜 이리
유난이니?

나를 완전히 이해하는
또 다른 예민덩어리를 만나서 참 다행이야.

어제 농부 시장에서 김치 판매대를 보았다. 김치가 점점 유명해지는 걸 보니 신기하고 기뻤다.

처음 외국에 왔을 때는 김치를 사는 게 불가능했다.

김치가 뭔지 아는 사람도 없었다.

김치 먹고 싶어.

흡, 안... 녕...

내가 김치를 먹을 때마다 같이 살던 친구는 코를 막곤 했다.

너무 민망해서 언제부턴가 사람들 앞에서는 김치를 먹지 않았다. 혼자 있을 때만 먹었다.

안... 녕.

김치는 특유의 톡 쏘는 냄새가 특징이다. 물론 강력한 매운맛을 자랑하기도 한다.

김치 통을 아무리 꽉 닫아도 냉장고엔 영락없이 김치 냄새가 배곤 했다.

하하, 버터에서 김치 냄새 나!

심지어 크루아상에서도 김치 냄새가...

김치를 너무 많이 먹으면 의외의 부위에서 굉장한 통증을 느낄 수도 있다.

어릴 때는 방학마다 할머니 집에 갔다.

할머니는 김이 폴폴 나는 더운밥 위에
방금 담근 새 김치를 얹어 주곤 했다.
너무 맛있어서 나는 할머니의 김치를
'금김치'라고 불렀다.

김치는 내게 단순한 반찬이 아니다.
나에게 김치 냄새는 집이자 안정감이며,
모든 것이 괜찮다고 느끼게 한다.

내게 소중한 것을 당당하게 사랑하자!

YOU ARE LOVABLE, BEAUTIFUL, AND PERFECT AS YOU ARE TODAY

너는 더없이 사랑스러워 아름다워 완벽해
언제나 그렇듯이 오늘도

TAKE THE TIME

일부러 시간을 내서
내가 사랑하는 일을 해 보면 어떨까

to DO WHAT

YOU LOVE

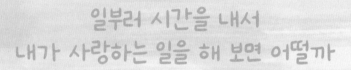

BE GENTLE WITH YOURSELF,
YOU'RE DOING THE BEST YOU CAN

누구보다 자신에게 다정해야 해
넌 할 수 있는 최선을 다하고 있으니까

IT'S OKAY TO ADMIT YOU DON'T HAVE IT ALL FIGURED OUT. NOBODY DOES.

모든 걸 다 알지 못해도 괜찮아.
그런 사람이 어디 있겠어.

내일 할 일을 계획하며 잠든다.

일어나서 출근 준비를 한다.

출근한다.

열일한다.

퇴근길에는
미처 끝내지 못한 일을 생각한다.

집에 와서도
여전히 그 일에 대해 생각한다.

내일 할 일을 계획하며 잠든다.

일어나서 출근 준비를 한다.

잠깐....

어떻게 된 거니?
내 워라밸에 무슨 일이 생겼나 봐.

번아웃
BURNOUT

오늘의
나

불안
ANXIETY

자기 의심
SELF-
DOUBT

연휴 낀 주말이다!

오늘 뭐 하지?

뭐 해야 잘 보냈다고 소문나지?

공원에 누워 책 읽는 건 어떨까?

달리기도 하고 싶어!!

오랜만.

그러게.

오랜만에 친구 만나 밀린 수다 떨어야지.

세일을 놓치면 아쉽지.

MEMORIAL DAY SALE

하지만 결국 아무것도 하지 않고 이렇게 흘러간다···.

옛날에는 진짜 거절을 잘 못했다.

안 됩니다!

하지만 지난 몇 년 동안
적당히 거절하는 법을 익혔다.

거절한다고 해서 내가
나쁜 사람이 되지는 않더라고.

너
사랑
하는 거
알지?

최고의
상태가 되려면
혼자만의 시간이
필요해.

내가 냉정한 가족이나
친구가 되는 것도 아니었다.

하지만 내가 여전히 거절에 능하지
못하다는 걸 새삼 깨닫기도 했다.

넹

넵

네

옙

완전 바닥

시체 상태

특히 일과 관련해서는 더욱 그렇다.

처음 프리랜서 일러스트레이터가
되었을 때는 일감이 없었다.
그것도 아주 오랜 기간 동안 말이다.

죄송해요.

제발
일 좀 달라고!

없어요.

없어요.

없어요.

그래서일까. 일을 거절하면
거의 범죄를 저지르는 기분이다.

게다가,
이러다 일이 끊길까 봐 걱정도 된다.

안녕하세요!
요즘 일정이
비었는데요.

죄송
합니다!

전에 거절하지 말 걸 그랬나....

이번 주에 용기를 끌어모아 거절을 했고
나도 약간 놀랐다.

제 작품에
관심 주셔서
감사합니다.

연락 주셔서
감사합니다.
하지만,

다른 분
추천할게요.

옳은 결정이었다고 생각한다.
안 그랬다면 감당 못 하고 허덕였을 거야.
만족스러운 작업물이 안 나왔을 수도 있고.

난 내가 자랑스럽다.

일이 중요하다는 건 알지만,
내 정신과 육체의 건강이 더 소중하다는 걸 알고 있기 때문이다.☺

TAKE A MOMENT TO APPRECIATE HOW FAR YOU'VE COME.

가끔은 멈춰 서서 네가 온 길을 돌아봐.
그러면 알게 될 거야. 생각보다 꽤 멀리 왔다는 걸.

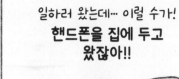

어떤 날은 의심과 불안이 마치 쓰나미처럼 몰려온다.

어디서 왔는지도 모른 채

나를 삼켜 버린다.

그리고 모든 것을...
삼 켜 버 린 다...

필사적으로 팔을 저어
수면 위로 올라가려 하면...

그러다 의심의 쓰나미는 조용히 퇴장한다. 다음에 다시 등장하긴 하지만.

여전히 어디서 왔는지 모른다.

그럴 때는
다양한 스트레스 관리법을 찾아보자.
운동을 하거나 믿을 수 있는 친구나
상담사에게 털어놓자.

그리고
주변 사람에게
내가 과부하 상태임을
알리자.

가능하면 잠시 쉬자.

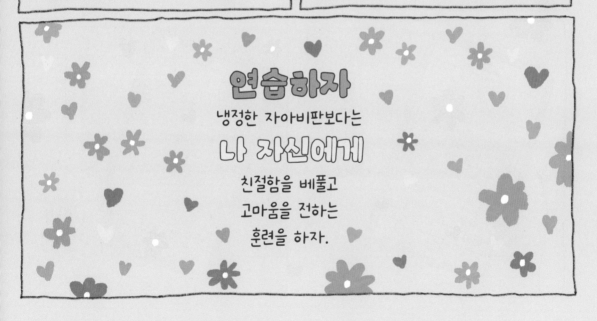

연습하자

냉정한 자아비판보다는

나 자신에게

친절함을 베풀고
고마움을 전하는
훈련을 하자.

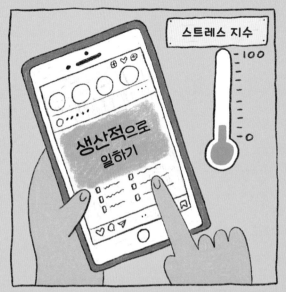

지겨운 집안일!

해도 해도 끝이 없네!

하얀 스케치북만 보면 스트레스 쌓여….

하기 싫어서 미뤄 두었던 일이 숨통을 조일 듯 날 압박해 온다.

살려 줘!

오늘 하루쯤은 내 문제에서 도망치는 건 어떨까?

내일은 내일의 새로운 태양이 뜨니까!

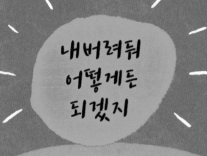

꼬박꼬박 나를 위한 시간을 만들자
내가 다시 내가 될 수 있게

KEEP TAKING TIME FOR YOURSELF UNTIL YOU ARE YOU AGAIN

하루에
하나씩
하면
되더라
ONE DAY AT A TIME

너는 너의 불안보다
너의 고민보다 훨씬 더 큰 사람이야

동양 여성의 흰 피부 만들기나
모공과 잡티 가리기에 관한
정보가 유독 많이 보인다.

그럴 때마다 생각이 복잡해진다.

한국에서 자랄 때, 미모의 비결은
뭐니 뭐니 해도 백옥 같은 피부라는 말을
수천 번은 들었다.

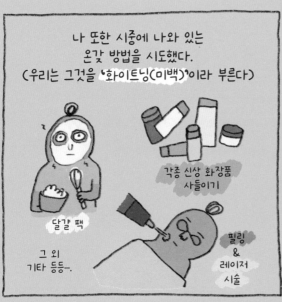

나 또한 시중에 나와 있는
온갖 방법을 시도했다.
(우리는 그것을 '화이트닝(미백)'이라 부른다)

달걀 팩

그 외
기타 등등…

각종 신상 화장품
사들이기

필링
&
레이저
시술

하지만 곧 알게 됐지.
내 피부색은 영락없이
노란색이나 갈색에 가깝다는 걸.

왜…

나도 더
예뻐지고
싶은데….

내 피부는 미의 기준에 부합하지 않았고,
그래서 난 내 피부색을 좋아하지 않았다.

생각보다 오랜 시간이 걸렸어요.
얼마든지 괜찮습니다.

IT'S OKAY IF IT'S TAKING
MORE TIME THAN
YOU THOUGHT

단단한 사람이 되는 몇 가지 방법

"내가 나를 사랑하지 않는데 어떤 미친 사람이 나를 사랑하겠냐고요."

― 루폴 ―
(미국의 유명 드래그 퀸이자 배우, 가수)

1. 루폴의 말대로 하자. 즉, 나를 사랑하기.

내버려 두자

2. 오면 오는 대로, 가면 가는 대로.

3. 진짜 내 모습을 밝혀 주는 사람들과 소통하자.

4. ♥ 내 이야기를 공유하자

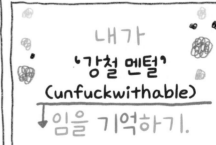

내가 '강철 멘털' (unfuckwithable) 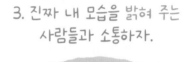 임을 기억하기.

(형용사) 내가 스스로 평화롭고 나 자신과 깊이 소통할 때 누구의 말과 행동도 나를 다치게 하지 않는 상태를 의미하는 신조어.

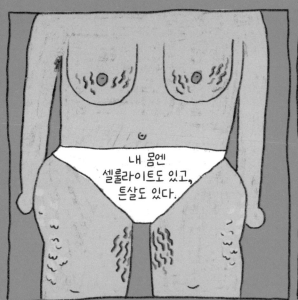

내 몸엔
셀룰라이트도 있고,
튼살도 있다.

뭐,

난
이걸
의식하고
있고,

받아들이고
인정하려고

노력
중이다.

어느 날, 내 인스타그램 피드에
이런 광고가 무더기로 떴다.

셀룰라이트
제거하기

오늘
당장

그래서
난 광고를
신고해
버렸다.

Instagram

이 광고를 신고하는 이유

○ 불쾌한 광고입니다.
○ 폭력적인 콘텐츠입니다.
○ 사기 또는 거짓의 소지가
  있습니다.
○ 성적으로 부적절합니다.
○ 나의 지식 재산권을
  침해합니다.
● 위의 모든 사항에
  해당합니다.

얼마 전, 협업을 제안하는 이메일을 받았다. 만약 내가 30세 미만일 경우 나와 팀을 만들어 함께 일하고 싶다는 것이다.

최근에 인터뷰 도중 나이 질문을 받았다.

여기에 선정된 사람을 만나 보기도 했다.

내가 나도 모르게 나이를 의식하고 있었나?

나 또한 중년이라는 단어를 부정적으로 여겼고,
설사 내가 그렇다고 해도
중년이라고 불리는 게 두려웠다.

싫어!!

중년

마침내

만개
했다!

하지만 그러지 말아야지.
오히려 난 서른 이후부터 여러모로 좋아졌다.
내가 누구인지 발견하고,
나를 인정하는 법도 배웠다.

이렇게 맘이 편안할 수가 없다!

너나
잘하세요!

내 인생의 모든 단계를 즐기고
사랑해야겠다!

이 몸이 바로
'중년' 여성이다.
끝내주지?
조심해라!

몇 주 전에 태어나 처음으로 유방 조영술
검사를 받았다.

이봐, 거기
잘 있니?

이걸 계기로 나와 내 가슴의
관계에 대해 생각해 봤다.

학창 시절 내내,
나는 등을 한껏 구부린 채 다니곤 했다.
내 가슴이 너무 크다고
생각했기 때문이다.

이래도
가슴이
도드라지나?

너무 큰 것
같아서
싫어...

그런데 막상 내 나이 20대가 되니,
갑자기 가슴이 작아 보였다.

설마,
좀 작아졌나?

안 돼!
줄지 마!

그래서 가슴 크기를 키워 준다는
온갖 종류의 운동을 했다.

30대 들어서도 친구들과 가끔
내가 원하는 가슴 크기에 대해
이야기하곤 했다.

내 가슴은
달걀프라이 두 개야.

내 가슴은
너무 커.

내 건
바람 빠진
풍선 같아.

그러다 유방 조영술 검사를 받게 된 것이다.

탈의실

유방암
자각

대기실

SF스러운 첨단 기계들

내 가슴은
기계 사이에
달걀처럼 짓눌렸다.

검사를 받으며 새삼 깨달았다.
그동안 가슴 모양이나 크기에만 신경 썼지,
막상 가슴의 건강에는
관심을 가진 적이
전혀 단 한 번도
없었다는
사실을 말이다.

흠….

내 가슴은 치밀 유방이라서
정확한 유방암 검사를 하려면
MRI를 찍어야 한다고 했다.

그때부터 내 가슴에
무슨 일이 생기는 건 아닌지
주의를 기울이기 시작했다.

자가 진단 해 볼까?

노브라를 할까?

새 브라를 살까?

중고등학교 시절
내내
내 별명은

'멍게'였다.

(얼굴에 커다란
여드름이 가득해서)

이제 여드름은 사라졌지만,
대신 내 얼굴은 다른 것으로 뒤덮였다.
바로 커다란 모공이다.

나는 당연히 그리고 여전히
피부 상태를 의식하고 있다.

그래서 다양한 시도를 해 봤다.

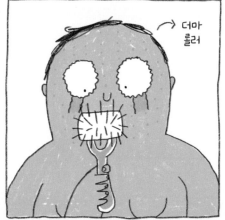

지난 주말에는 커다란 뾰루지가 출몰했고
멍게라 불리던 시절의 기억이
떠오르고 말았다.

그래도 뭐, 차별성이 있다고
해야 하나?

시끄러워,
멍청이들아!

너희들이
멍게 맛을 알아?

얼마나
맛있는데!

너는 여신이야

너는 특별해

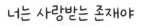

너는 사랑받는 존재야

너는 강해

너는 그대로 완벽해

너는 사랑스러워

한국에서는 여자가
찰랑찰랑한 긴 생머리를 해야
여성스럽고 예쁘다고 여겨.

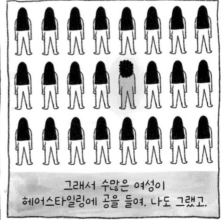

그래서 수많은 여성이
헤어스타일링에 공을 들여. 나도 그랬고.

나도 머리카락을 펴고 싶어서
다양한 방법을 시도해 봤어.

퍼뜩 그런 생각이 들었지.

내가 아름답다고 느끼기 위해
누군가의 인정을 받을 필요는 없는데.

그리고 모두가
똑같은
헤어스타일이면
지루하기 짝이
없잖아.

그래서
머리를 밀어 보기로
한 거야.

인정받을 요소를
없애 버렸다고나
할까.

난 내가 그 어느 때보다 아름답게 느껴져.

65

YOU DON'T HAVE TO HAVE IT ALL FIGURED OUT TO MOVE FORWARD.

인생의 모든 것들이 해결되어야
한발 앞으로 나갈 수 있는 건 아니야.

나이가 들수록
털이 많아지고
심지어
엉뚱한 곳에도
하나씩 자라난다.

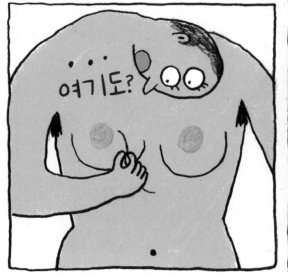

어렸을 때 나는 늘 선머슴 같은 아이였다.

그래서 엄마는 내게
여자다워지는 법을 가르쳐 줬다.

하지만 여자다워지려고 노력할수록
도통 나 같지 않았다.

얼마 전부터 여성스러운지
여성스럽지 않은지에
상관없이 원하는 대로
행동해 보았다.

머리를 밀었다.

다른 사람이 내 말을
막지 못하게 했다.

목젖이 보이게 웃었다.

나를 나답게 만들어 주는
옷을 입었다.

여성스럽진
않을지
몰라도,
난
정말이지
행복하다.

젠더라는 틀에 맞추어
내 행동의 한계를 정하는 건
그리 멋지지 않다.

타인이 이해하지 못하는
인생을 살아도 괜찮아.

IT'S OKAY
to LIVE A LIFE
OtHERS DON't UNDERSTAND.

모두에게 사랑받으려 애쓰지 마.
솔직히 너도 모든 사람을 좋아하진 않잖아.

STOP TRYING TO BE LIKED BY EVERYONE. YOU DON'T EVEN LIKE EVERYBODY

뉴욕의 겨울은 서울의 겨울을 닮았다.

기온이 영하로
뚝뚝 떨어진다.

눈이 펑펑 온다.

맞다.
뉴욕도 서울만큼
아주아주 춥다.

그래서 뉴욕의 겨울이 익숙하다.

하지만 한 가지,
사무치게
그리운 게 하나 있다면...

바로 한국의 길거리 음식들.

떡볶이

: 쫄깃쫄깃한 떡과
매운 고추장의
환상적인 조화.

오뎅

: 뜨거운 국물에
퐁당 빠진
어묵 꼬치.

73

중고등학생일 때, 친구와 나는
학교가 끝나면 매일 떡볶이를 먹으러 갔다.

우린 하나 남은 떡볶이를
늘 서로에게 양보하곤 했다.

우리 나눠 먹을까?

떡볶이가 그립다!

어쩌면 친구가 그립고
마지막 하나 남은 떡볶이를
나눠 먹던 그 마음이
그리운 걸지도.

CONNECT with PEOPLE WHO REMIND YOU OF WHAT YOU TRULY ARE

당신의 진정한 모습을
비춰 주는 사람들과
소통하기

시간이 지나면 다 알게 될 거야

우리는 매일 성장해. 아무리 작고 미미하다 해도.

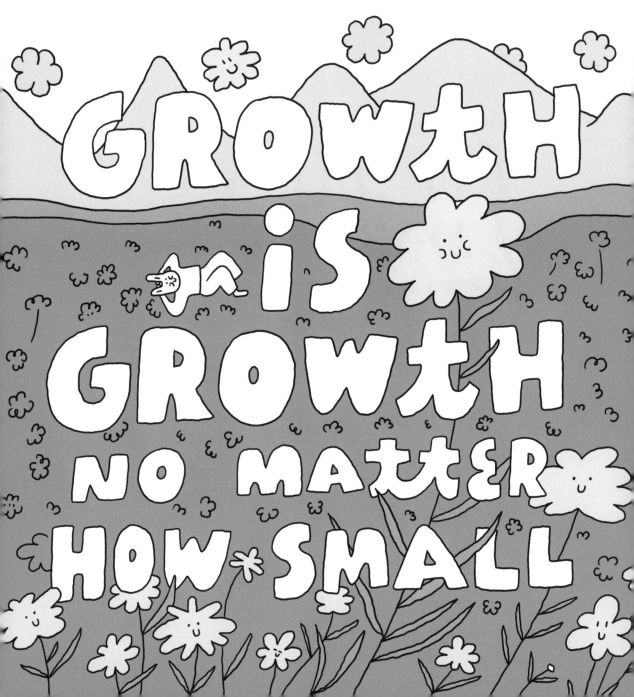

꿈을 쫓아가기.

자기 연민에 빠져
시간 낭비하지 않기.

해로운 관계를 끊어 내기.

내 직감을 믿기.

기억한다.
과거의 내가 얼마나 오만했었는지.

나는 2011년에 학교를 졸업했다.
너무 옛날 옛적 일처럼 느껴진다.

나 자신에게 솔직해지는 동시에
내 안의 악마를 대면해야 했다.

그렇게 계속 나아갔다.

봄이 오는 길목에서 반바지를 입을 생각을 하면 들뜨고 기대된다.

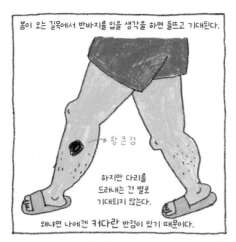

왕 큰 점

하지만 다리를 드러내는 건 별로 기대되지 않는다.

왜냐면 나에겐 커다란 반점이 있기 때문이다.

어렸을 때는 반점이 보이는 게 너무 창피해서 주로 긴바지를 입고 다니거나 밴드를 붙여 가리곤 했다.

어떻게 가리지!?

뺄 수 있나?

날씨가 점점 따뜻해지면

다리의 큰 반점이 신경 쓰여서

혼자 이런저런 고민에 빠졌다.

하루는 범죄 다큐멘터리를 보다가 내 반점이 다른 사람과 나를 구별하는 아주 중요한 특징이라는 것을 알게 되었다.

특히 형사들에게는 결정적인 증거가 될 수도 있다.

법의학 파일

오호라!

알고 보니 반점은 내가 갖고 태어난 독특한 특징 중 하나였다.

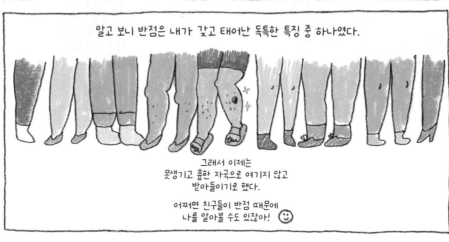

그래서 이제는 못생기고 흉한 자국으로 여기지 않고 받아들이기로 했다.

어쩌면 친구들이 반점 때문에 나를 알아볼 수도 있잖아! ☺

나는
지금까지
완벽해지기 위해
기를 쓰고
노력했다.

HYESU LEE

내 일러스트는 갈수록
번지르르하고 빈틈이 없었다.

재미가 없었다.

사람들에게 잘난 척,
아는 척을 많이 했다.

내 말
들어 봐!

이것도 재미없었다.

남 보기에 건강한 음식만
먹으려고 노력했다.

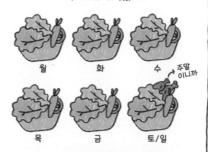

월   화   수 ← 주말
                    이니까

목   금   토/일

이 또한 재미없었다.

매일 어떤 사람이 되어야 하는지
되새기고 다짐했다.

완벽해져야지!

여전히 재미없었다.

그런데 이상하게도
모든 게 완벽하게
흘러가지
않을 때
훨씬 재미있었다.

넘어지고 일어서길 반복하며
그렇게 계속 나아갔다.

몇 번씩 바닥을 치기도 했다.
(지금도 여전히 그렇다.)

이 여정을 받아들이는 법을
천천히 배워 갔다. (우여곡절과 그 외 모든 것까지도)

내가 열두 살 때,

부모님이 이혼하셨다.

말로 표현할 수 없이
힘들었다….

그때만 해도
한국 문화에서
이혼은
암묵적으로
금기였으니까.

가장 두려운 건
우리 집안 사정을 알아낸
학교 친구들이
뒤에서 나에 대해
험담을 하는 것이었다.

커다란 바윗덩어리를 삼켰는데
그게 항상 가슴에
얹혀 있는 기분이었다.

부모님에게
화를 냈다.

왜 하필 내게
이런 일이
생겼는지
싫고 억울했다.

괜찮아지기까지
오랜 시간이
걸렸다.

원래도 내성적인 편이었지만,
부모님의 이혼은 내 성격에
커다란 영향을
끼쳤다.

이런 생각도
했다.
내 가슴속 바윗덩어리에 짓눌려
자신감 넘치는 아이가
되지 못한 건 아닐까?

하지만 난 점점 더 사려 깊고 이해심 있는 사람이 되어 갔다.

다른 사람들의 이야기가 궁금했고 그들이 자기 이야기를 하면 언제나 잘 들어 주고 싶었다.

알고 보니 우리 집만 문제가 있는 게 아니었다. 집집마다 말 못 할 사연이 있더라. 그들의 이야기를 들으며 나도 나에 대한 연민을 거두기로 했다.

그 과정을 반복하다 보니 내 가슴에 얹혀 있던 바윗덩어리가 조금씩 부서지고 작아져 갔다.

더 이상 답답하지 않아.

평범한 가정이 아니어도 괜찮다. 모든 집에는 각자의 사연이 있다.

그 사연은 그 나름의 방식으로 독특하고 아름다울 수 있다.

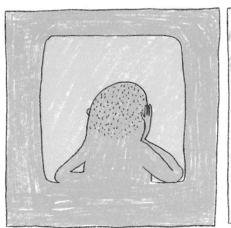
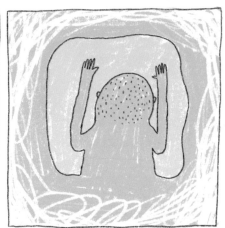
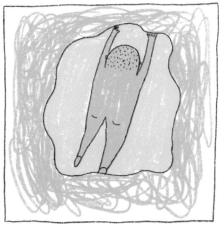
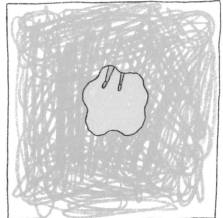

처음 외국에 왔을 때,
영어 이름을 지었다.

안녕!
내 이름은
코코
(KOKO)야.

그래,
코코!

왜냐하면,

① 첫 번째 이유,
사람들이 자꾸
내 이름을 잘못 발음하고
기억하기 어려워해서.

② 두 번째 이유,
영어 이름이 있으면
친구들과 어울리기
편할 것 같아서.

그러나 문제는
내 이름이
코코라는 걸
내가
자꾸 까먹는다는
사실.

코코?
코코?

코코

코코가
누구더라?

내 이름은
코코

아마도 내가 나를
코코로 인식하지 않기 때문이겠지.

내 본명 '혜수'는 '은혜로운 바다'라는 뜻이다.

우리 엄마가
오랜 시간 고민해서 지은 이름이라
더 의미가 있다.

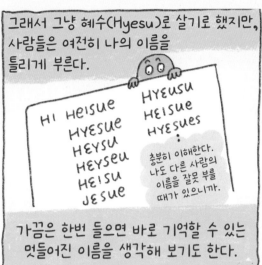

그래서 그냥 혜수(Hyesu)로 살기로 했지만,
사람들은 여전히 나의 이름을
틀리게 부른다.

HI HeiSue   HYEUSU
HYESUE   HeiSue
HEYSU   HYESUES
HEYSeU   ⋮
HeiSU   충분히 이해한다.
JeSue   나도 다른 사람의
               이름을 잘못 부를
               때가 있으니까.

가끔은 한번 들으면 바로 기억할 수 있는
멋들어진 이름을 생각해 보기도 한다.

하지만 이름이 나의 배경을 말해 주기도 하고
우리 엄마의 소망이 담긴
아름다운 의미가 있어서 좋다.

내 이름은 혜수야.
'은혜로운 바다'
라는 뜻이지!

내 영어에는 특유의 악센트가 있어.

처음 영어를 배울 때는 한국식 발음을 어떻게든 없애려고 무지 노력했다.

RRRRR

거의 입 다물고 살던 시절도 있었다.

YES에는 끄덕끄덕

NO에는 절레절레

아니면 최대한 영어를 쓰지 않고 모든 상황을

꺼져!

미소로 무마했다.

내 발음이 영 부끄럽고 자신 없기 때문이다. 아주 오랫동안 그랬다.

발음이 맞나?

바보같이 들렸을 거야

하지만 어느 순간 자신감이 생겼다. 나만의 억양이 있다는 건 아름답고 진실한 거니까.

나는 자아가 강하다.
(특히 아티스트라서 더 그럴지도…)

때때로 내 자아를 거인처럼 부풀린다.
스스로가 보잘것없이 느껴지기 때문이다.

가끔은 거대한 자아가 한심해서
위장하는가 하면,

어떤 때는 자아가
나를 품에 안고 다닌다.

심지어 어떤 날은 너무 커진 자아가
나를 죽이기도 한다.

그러다 우리는 조화롭게
공존하는 법을 찾아간다.

NEVER REGRET

― 절대 후회 금지 ―

IF IT'S GOOD, IT'S WONDEFUL

좋았다면
기쁨입니다

IF IT'S BAD, IT'S EXPERIENCE

나빴다면
경험입니다

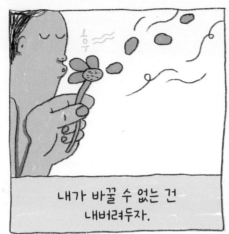

내가 바꿀 수 없는 건
내버려두자.

싫은 건 싫다고 말하자.

내가 어떤 사람이든
그저 사랑해 주자.

될 일은 어떻게든 될 거야.

WHAT'S MEANT to BE ALWAYS FINDS A WAY.